Opel fahren

Opel fahren

Ein fröhliches Wörterbuch für alle
ehemaligen Kadetten, Kapitäne und Admirale, für
Opelaner und Opelfahrer, die sich an dieser Technik
begeistern können.

Von Wolfgang Steinberg
mit Zeichnungen von Klaus Pitter

TOMUS

Satz: OK Satz GmbH, Dac hau
Druck: Dr. Cantz'sche Druckerei, 7302 Ostfildern 1 (Ruit)
Bindearbeiten: Sigloch Buchbinderei, Künzelsau
3 4 5 97 96 95 94 93
Auflage Jahr
(jeweils erste und letzte Zahl maßgeblich)

ISBN 3-8231-0065-3

Manta A,
Type 'TE 2800',
2,8-Liter-Sechszylinder-Motor, Baujahr 1973...
Toll!

ADMIRAL

A

ABS	Ökologiebetonter Ausstattungsteil besserer Opel-Fahrzeuge, welcher beim Bremsen die Erzeugung von Bremsspuren auf dem Asphalt unterdrückt. Damit wird die Umweltbelastung durch Gummi deutlich reduziert. (Siehe auch Gummi und Ökologiestrategie.)
Abstandswarngerät	Radargerät am Manta. Warnt den Manta-Fahrer, wenn der Abstand zu einem vorausfahrenden Golf GTI die für das Erkennen der Manta-Lichthupe notwendige Entfernung unterschritten hat. Eine defensive Auslegung des Systems hinten am Fahrzeug zeigt entsprechend einen heraneilenden Golf GTI an, so daß der Manta-Fahrer in Ruhe die linke Spur weiter blockieren kann.
Abwanderungsrate	Theoretische Restgröße. Wird dadurch ermittelt, daß von der Zahl der jährlich verkauften Opel-Neuwagen die Zahl derjenigen abgezogen wird, die schon vorher einen Opel hatten oder eine andere Marke fuhren. Somit bleibt nichts mehr für die Abwanderungsrate übrig.
Accessoires	Fahrerorientiertes Opel-Zubehör, wie z. B. Sonnenbrille und Schlüsselanhänger. Das entsprechende Zubehör beim Opel-Fahrzeug sind Sonnenblende und Fahrzeuganhänger.
Adamskostüm	Bezeichnung für ein nacktes Autogerippe der Firma Opel.
ADMIRAL	Boss der ehemals stolzen Opel-Flotte.
Aerodynamik	Zu deutsch: Windschnittigkeit. Wesentliches Stylingelement eines Opels. Warum das Maß zum Messen der Wind-

schnittigkeit von Opelanern „Dreckkoeffizient" genannt wird, bleibt dem Außenstehenden allerdings verborgen (siehe hierzu Drag-coefficient).

Airbag

1. Luftsack, auch Luftballon im Auto. Bisher nur ohne Werbeaufdruck zu haben. Steht bei Opel erst am Anfang der Entwicklung. Deshalb sind noch nicht alle denkbaren Probleme gelöst. So soll in der Betriebsanleitung erst einmal stehen: Vor der Mitnahme einer Stecknadel wird grundsätzlich gewarnt.
2. Neuheit der Damenhandtaschenmode auf der letzten Offenbacher Ledermesse. Dabei handelt es sich um Damenhandtaschen (neumodisch „Bag" genannt), die mit Luft gefüllt sind und damit ein Volumen vortäuschen, welches sie nicht haben.

Allrad

Bereifung eines Fahrzeuges. Im Gegensatz zum Halbrad oder Fehlrad sind Opel-Fahrzeuge grundsätzlich vollständig bereift, nicht nur beim A.

Allradantrieb

Bei Opel nicht mit vier Rädern, sondern mit vier Beinen (siehe Professor Oliver Koch).

Alu-Felgen

Spezielle Opel-Verpackung der Felgen. Dabei werden Felgen mit handelsüblicher Alu-Folie so geschickt umwickelt bzw. verpackt, daß der Eindruck neuer Felgen entsteht. Bei den „Light Alloy Wheels" wird eine dünnere Alu-Folie verwendet.

Anlasser

Opelaner. Im Gegensatz zum Auslasser läßt der Anlasser sein Fahrzeug an.

Anlasser

ASCONA

Antenne	Abstehende, teilweise ausfahrbare Extremität am Auto. Soll den Empfang beim Verkehr verbessern. Für moralisch ungefestigte Personen entwickelte Opel eine unauffälligere Lösung in der Scheibe. Für Machos hingegen wurde für manche Opelmodelle die auf dem Dach nach hinten abstehende kurze Bürzelantenne erfunden.
Antwerpen	Erfolgreiche belgische Opel-Produktionsstätte. Deshalb gibt's auch zwei davon: Antwerpen Eins und Antwerpen Zwei.
Armstrong, Louis	Amerikanischer Jazztrompeter und Sänger, der sich für Opels Kat-Werbung heiser gesungen hat: „What a wonderful world".
A-Säule	Teil des Fundaments eines Opels. Dabei bezeichnet A die Güteklasse. Neben A sind auch noch die Güteklassen B, C und D anzutreffen.
ASCONA	Opel-Modell, benannt nach einem auch bei Opelanern beliebten Schweizer Seeort. (Unbestätigten Gerüchten zufolge soll es deshalb in diesem Modell immer eine Wasserlache gegeben haben.)
ASCONA 400	Sportversion des Ascona, wurde 1982 Rallye-Weltmeister mit Walter Röhrl am Steuer. Fuhr allerdings keine 400 km/h und war auch nicht 400mal Rallye-Meister.
ASTRA	Massen-Biermarke aus Hamburg. Aufgrund der Produktnähe ebenfalls Name eines neuen Massen-Autos aus dem Hause Opel. Unbestätigten Gerüchten entsprechend, pla-

	nen die Hamburger Bierbrauer eine neue Biermarke mit dem Namen „Kadett – Das Einstiegsbier“.
ASTRA A	Die Modellbezeichnung A ist Ausdruck des Vertrauens in den Verkaufserfolg dieses Opels. Man ist sich im Hause Opel sicher, daß noch ein Astra B folgen wird.
ASTRA Aktivgurt-System	Weltneuheit im neuen Astra. Dabei ist es den Opel-Ingenieuren gelungen, die bisher im Kadett noch passiven Sicherheitsgurte zu aktivieren. Im Astra sorgen diese während der Fahrt durch Spannen und Entspannen für Kurzweil und Abwechslung.
ASTRA CARAVAN CLUB	Neues Modell von Opel, das sich durch ein besonders großes Gepäckabteil und durch spezielle Raumökonomie auszeichnet. Deshalb passen auch ganze Clubs hinein: z. B. eine Fußballelf, ein Kegelclub oder auch ein Taubenzüchterverein inclusive Tauben.
ASTRA Eco 2	Konzeptstudie eines ökologischen Opel-Modells, das so fortschrittlich ist, daß gleich das Modell 1 übersprungen werden konnte.
ASTRA Fahrsicherheits-System	Nach dem Grundsatz „Erst Sicherheit, dann PS“ wurde in den Astra eine große Anzahl von Sicherheitsmerkmalen eingebaut. So zum Beispiel in den Astra Gsi 16V mit 150 PS insgesamt 151 Sicherheitsmerkmale. (Dabei handeltes sich nicht etwa um ein Döschen im Handschuhfach – mit 151 Sicherheitsnadeln.)
ASTRA GL	Basis-Astra. GL steht für „Grandiose Leistung“.

ASTRA Fahrsicherheits-System

Astranauten

ASTRA Multi-Info-Display	Ausstattungsdetail des neuen Opel Astra. Zeigt auf einem vom Radio getrennten Bildschirm (Neudeutsch *Display*) immer eine Auswahl von verschiedenen (Neudeutsch *Multi*) Informationen (Neudeutsch *Info*) an.
ASTRA Recycling-System	Nebenleistung des Opel Astra, die besagt, daß man ihn wieder zurückgeben darf, wenn er verbraucht ist. Danach wird er wiederaufbereitet, was bedeutet, daß aus ihm ein neuer entsteht. Ein Geschäft für Opel, da man ihn anschließend – z. B. als Astra B – nochmals verkaufen kann.
ASTRA Reinluft-Filter-System	Weitere Weltneuheit im Opel Astra. Mit einem serienmäßigen Spezialfilter gelingt es, auch reine Luft zu filtern. Von der Opel-Werbeabteilung wurde entsprechend ein Slogan vorbereitet, der schon einmal ähnlich in einer Waschmittelwerbung verwendet wurde: „Der Opel Astra reinigt nicht nur sauber, sondern rein. So rein, reiner geht's nicht."
ASTRA Rundumschutz-System	Eine von elektrischen Kuhzäunen abgeschaute Basisausstattung des Astra. Bei jeder Berührung des Fahrzeugs bekommt die Kuh einen leichten Stromstoß.
Astranauten	Laut Opel-Information „Techniker und Designer, die den neuen Opel zum Laufen brachten", also nicht zum Fliegen.
Auslaufmodelle	Junge Opel-Modelle, die ohne Höschenwindeln verkauft werden.
Auslieferung	Begriff aus dem Bereich des Automobilverkaufs. Bezeichnet die „physische" Übergabe des Wagens. Bei Opel ist es nach Meinung einiger weniger Käufer umgekehrt: Der Käufer ist dem Produkt „ausgeliefert".

Außenfarben	Früher lediglich Ausdruck für die Lackierung. Typische A. waren Weiß, Rot, Schwarz, Blau und Grau. Heute allerdings soll bei Opel mit den Farbnamen auch die geografische Verbreitungsmöglichkeit der Modelle aufgezeigt werden, wie z. B. Miami, Tunis, Mexiko, Ibiza, Baikal-See, Florida oder Bordeaux.
Ausstattung	Begriff für den Inhalt einer Wundertüte. Bezeichnet in ländlichen Regionen Oberbayerns auch die Aussteuer eines Automobils. Bei Opel ist insbesondere bei Modelljahresänderungen der Begriff Wundertüte durchaus passend.
Ausstellung	Zündschlüsselstellung, die ein Opel-Automobil insbesondere nachts und in der Garage einnimmt. Tagsüber ist überwiegend die Einstellung (siehe dort) anzutreffen.
Auto	Opels goldenes Kalb, um das sich alles dreht. Das Wort stammt aus dem Griechischen und soll bedeuten: „Fährt von allein". Bei Opel allerdings ist das Auto noch nicht perfekt, da bisher immer noch ein Fahrer benötigt wird.
Automarke	Briefmarke aus dem Automaten. Die Vermutung, daß darauf ein Opel abgebildet ist, ist abwegig. Es würde sonst logischerweise auch Opel-Marke heißen, und die gibt's nun mal nicht bei der Post.
Automatik	1. Höhere Mathematik für Ingenieure in der Automobilindustrie. 2. Spezielle Manta-Ausstattung. Nach Betätigung des Zündschlüssels öffnet sich automatisch das Fahrerfenster, und der linke Ellenbogen wird sanft in Richtung Fenster bewegt.

Benzin

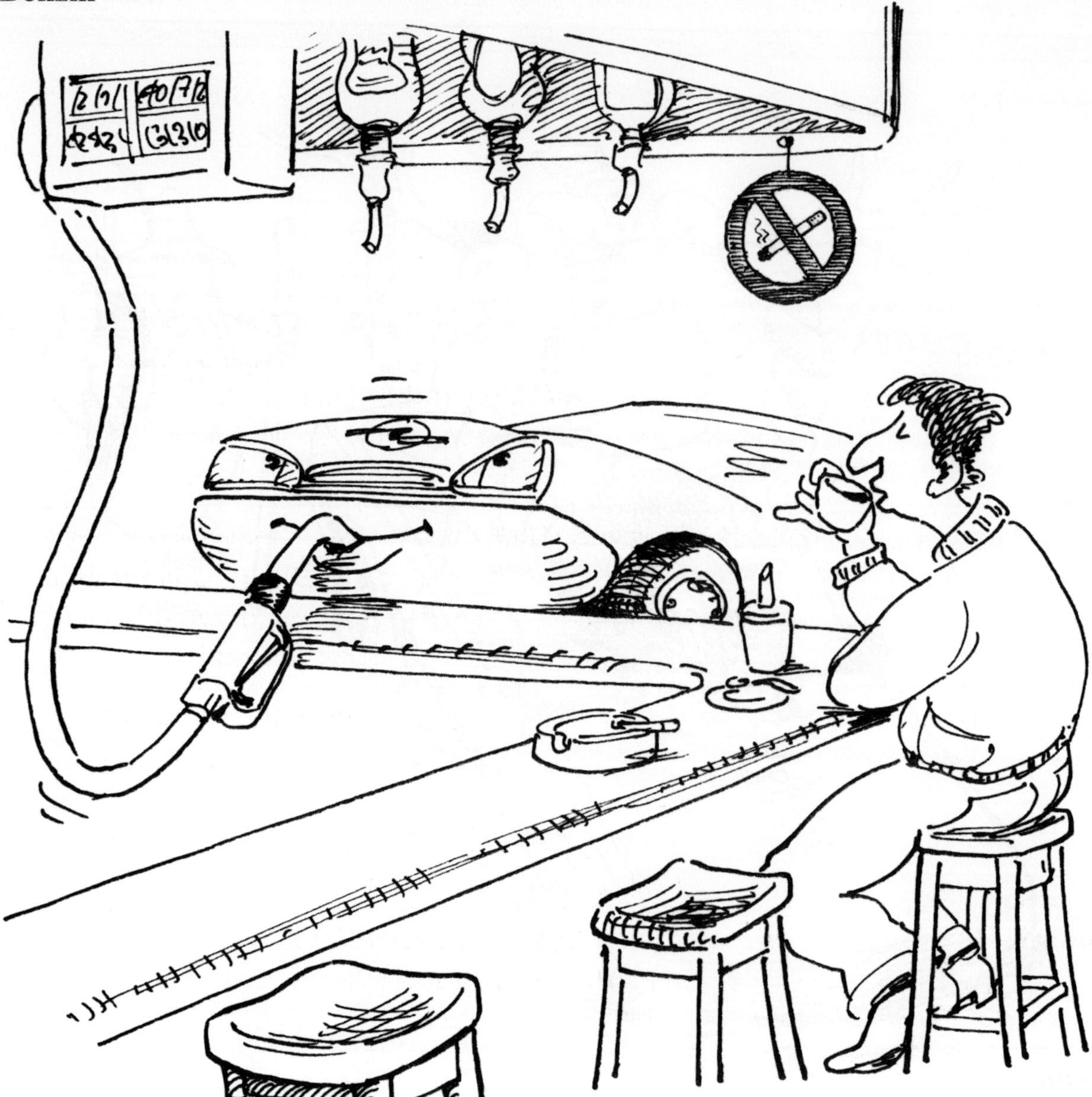

Autoradio	Gerät, welches das automatische Hören von Radiosendungen ermöglicht.
Autotelefon	Modernes Kommunikationsinstrument auch für Opel-Automobile. Früher kommunizierten Opel-Fahrzeuge durch Hupen miteinander.

B

Basis Modell	Nacktes Autogerippe. Hierauf aufbauend werden alle weiteren großen und kleinen Modelle modelliert. Eigentlich handelt es sich nur um einen Berg Knete (siehe auch Adamskostüm).
Bayern München	Fußballclub in München, der von Opel gesponsert wird. Die Sponsersumme wurde erfolgsabhängig vereinbart. So mußte z. B. der Fußballverein bei dem Tabellenstand 1991/92 folgerichtig sogar Geld zurückzahlen.
Becker, Boris	Die Steffi Graf von Ford. Bezüglich der Automarken schizophren: Fährt privat gerne ein Modell aus Zuffenhausen, bei normalen Turnieren hingegen wirbt er für Ford. Zusammen mit seinen Davis-Cup-Kollegen favorisiert er allerdings Opel.
Bedford	Ehemalige englische Schwesterfirma von Opel, die nicht mehr existiert. Das liegt nicht daran, daß sie vielleicht mit dem Konkurrenten Ford ins B . . ., äh fremdging.
Benzin	Stoff, ohne den kein Opel laufen würde. Denn was dem Opelaner sein Kaffee, ist dem Opel-Modell sein Benzin.

Berlina	Luxuriöse Ausstattungsvariante älterer Opel-Modelle. War bei Opel auch außerhalb von Berlin zu bekommen.
Berlinetta	Kleine Berlina-Version.
Betriebsanleitung	Beilage im Opel-Modell. Entspricht der deutschen Zugabeverordnung. Deshalb eher dünn.
Biturbo	Nicht Homo- oder Hetero-, bei Opel eben Bi-turbo.
Blitz	Opels Markenlabel. Der fehlende Donner existiert betriebsintern.
BLITZ	Opel-LKW aus Brandenburg, ab 1930 gebaut. Der Bau von LKWs war damals so neu für Opel, daß der Name für dieses Modell in einem Preisausschreiben gefunden werden mußte, da die Opel-Verkaufsabteilung nur PKW-Namen fand.
Bochum	Früher Geburtsort des Opel-Kadetts. Deshalb auch Kadettanstalt genannt. Nachdem nun der Kadett in Astra umgetauft wurde, ist als neue Bezeichnung nicht etwa Schwarzes Loch im Gespräch, sondern Astrahimmel.
Bodystyle	Bodyshaping für Opel-Modelle. Neben einer fließenden Linie bleibt es (bei geringem Einsatz dieser Trainingsmethode) bei der stufigen Linienführung.
Bogey	Spitzname für den Schauspieler Humphrey Bogart. 1990 im Dienste (als Geist?) der Opel Omega Verkaufsförderung: „Keine Klunker, Kleines, hier ist der Diamant“, „Okay, Sam. Mehr Spielraum für Dich und Dein Piano“, „Ich seh’ Dir in die Augen, Kleines. Den testen wir“ und „Privat-Leasing? Ich schlage vor, Sie fragen hier danach“.

Blitz

Caravan

Brandenburg	Ehemaliges Lastwagenwerk von Opel in Brandenburg. Dort machte der Opel Blitz eine Blitzkarriere.
Breitreifen	Auch Schluffen genannte Spezialbereifung eines Mantas. Werden anmontiert, wenn der Manta-Fahrer „breit" ist.

C

CALIBRA	Manta-Nachfolger und Vectra-Derivat, was das Opel-Marketing bis heute nicht wahrhaben will. Entsprechende Calibra-Witze sind allerdings schon in Vorbereitung. Da der Opel Manta (siehe dort) nicht mehr den Ansprüchen der Kunden und damit der Opel-Marketing-Abteilung genügte, wurde kurzerhand „Das Sportcoupe neu definiert".
CALIBRA TURBO	Den gibt's noch gar nicht, und doch steht er hier schon drin!
Campaign Model	Opel-Karnevalsmodell. Wird bei jeder jährlichen Kampagne neu aufgelegt.
Caravan	Wohnhaus auf Rädern. Üblicherweise als Anhänger zu einem Automobil bestellbar. Nur Opel kann ein vollintegriertes Modell ohne notwendigen Anhänger anbieten.
Carline	Neu eingesetztes Polizeiinstrument zum Auffinden von Alkoholsündern. Dabei muß nicht wie bisher der Fahrer, sondern das verdächtige Fahrzeug selbst eine Linie entlangschreiten. Werden Torkelbewegungen wahrgenommen, wird dem Fahrzeug eine Benzinprobe abverlangt.

CARLTON Opel-Modellname für den Omega in England. In Deutschland als Name für Hüttenkäse benutzt.

CAVALIER . . . der Landstraße. Wurde einmal in einem Opel in England gesehen. Zum Angedenken werden alle Opel Mittelklassewagen noch heute in England Cavalier genannt. In Deutschland bleibt der Name Vectra, da bisher noch die Sichtung eines Kavaliers aussteht.

CD Höchstes Trim-Level von Opel-Modellen. Leider vergaß die Opel-Marketingabteilung den Kunden mitzuteilen, was dieses CD bedeutet. Deshalb findet man noch heute Opel-Käufer, die bei der Wäsche ihres Omega oder Vectra CD ausschließlich die durchsichtige Seife gleichen Namens verwenden.

Chronik Schriftlich festgehaltene Firmengeschichte, aus der in späteren Zeiten am Lagerfeuer den Opelanern vorgelesen werden wird.

1862: Gründung des Opel-Unternehmens in Rüsselsheim am Main, nachdem Adam nach seinen Wanderjahren in Lüttich, Brüssel und Paris sich entkräftet am damals noch sauberen Main labte. Um seine ebenfalls lädierte Kleidung auszubessern, ersann er den Bau von Nähmaschinen, um in Zukunft auch anderen Wandersburschen schnell und preiswert Ersatz für zerschlissene Kleidung bieten zu können. Der Erfolg – im Laufe der Jahre insgesamt etwa 1 Million Nähmaschinen – gab ihm recht.

1886: Nähmaschinen besitzen mindestens ein Rad. So kam Adam Opel auf die Idee, auch Zweiräder herzustellen –

CAVALIER

Chronik

nicht nur für Wandersburschen, sondern auch für die fünf Söhne, die sich einfach nicht an die Nähmaschinen setzen wollten.

1899: Der Erfolg der Zweiräder brachte die radelnden Opel-Söhne auf die Idee, zwei Zweiräder zu einem Automobil zu verbinden: Und schon war man Automobilhersteller (siehe auch unter Lutzmann).

1929: Nach dem Ableben von Adam und Sophie waren die 5 Söhne Vollwaisen geworden. Um dieser unangenehmen persönlichen Situation zu entgehen, wurden die Opels schließlich 1929 von General Motors aus Detroit adoptiert.

1934: Bewegendes Jahr in der deutschen Automobilindustrie: Opel verzichtet als erster Hersteller bei einem neuen Modell auf das bis dahin obligatorische Trittbrett. Seitdem gibt es bei Opel keine Trittbrettfahrer mehr.

1935: Der Olympia, das erste Fahrzeug mit selbsttragender Ganzstahlkarosserie (siehe dort) geht in Produktion.

1962: 100 Jahre nach der Gründung, über 20 Jahre nach VW baut Opel auch einen Wagen der unteren Mittelklasse, den Kadett. Entsprechend dem Vorbild baut auch Opel ein völlig neues Werk, zwar nicht auf der grünen Wiese, sondern auf einer stillgelegten Zeche in Bochum, aber neu bleibt neu.

1993: Das erste Opel-Wörterbuch erscheint im Tomus-Verlag.

Clay-Modell	Styling-Modell zu Ehren des ehemaligen Boxkämpfers Cassius Clay. Zum Teil ähnlich verbeult.
Clinic	Bei Opel kommen die neuen Fahrzeuge schon vor der ersten Fahrt prophylaktisch in die Car-Clinic.
COMMODORE	Der Senator der ehemaligen Opel-Flotte.
Compact Car	Eher klein geratenes Opel-Modell. Nicht zu verwechseln mit einem Westentaschenauto, eher Mittelding zwischen Modellauto und Automodell.
Convertible	Amerikanischer Fachausdruck für ein Automodell, das – ähnlich wie eine „konvertible Währung“ – gegen ein anderes ausgetauscht werden kann – bei Nichtgefallen.
CORSA	Baby-Opel. Noch grün hinter den Ohren, aber „Frech wie Oskar“.
CORSA A	Wie es sich für ein Baby gehört, fängt es mit dem „A“ an zu sprechen. Die nächsten Worte sind voraussichtlich „Mama“ und „Papa“.
CORSA CITY	Sondermodell des Opel Corsa, welches aufgrund seiner besonderen Stadteigenschaften im Laufe der Jahre zu einer normalen Modellvariante wurde. Ein Modell Corsa Country kam bisher allerdings nicht zum Zuge.
CORSA DON ALGODON	Corsa-Sondermodell. Wurde als Reminiszenz an Spanien angeboten, da dort der Corsa gebaut wird. Deshalb wurde er außerhalb Spaniens auch nicht sehr oft gesehen.

Compact-Car

CORSA JOY	Spielzeug-Corsa. In mehreren poppig-verspielten Farben erhältlich.
CORSA STEFFI	Opel-Sondermodell. Steffis Spielzeug, „Viele Extras im Steffi-Look. Der neue Corsa Steffi. Mit Schirm, Charme und Steffi", aber ohne Tennisschläger!
CORSA STEFFI SPECIAL	Sondermodell des Sondermodells Corsa Steffi mit Faltdach aus der Zeit, in der Steffi auch Werbung für eine Creme gegen Falten machte.
CORSA SWING	Musikkiste, allerdings für die falsche Zielgruppe. Eigentlich müßte er Corsa Rap heißen.

D

Dachantenne	Radioempfangshilfe. Bei Häusern inzwischen durch Parabolspiegel ersetzt. Und bei Opels Autos? (Siehe auch Antenne.)
DARRACQ	Bezeichnung für einen sehr alten Opel. Kann man deshalb auch so schwer aussprechen.
Das Ei	Bezeichnung für das Opel-Modell 13/30 von 1912. Zeigt, daß nicht erst modernes japanisches Styling die Eiform für die Automobilindustrie genutzt hat.
Dashboard	Moderne Form des Waschbretts. Wird vorne in den Opel eingebaut. Die Hartplastikoberfläche ist mit Furchen und Tälern überzogen, um eine bessere Waschleistung zu erreichen. Warum allerdings Opel in seinen Verkaufsbroschüren diese zusätzliche Nutzungsmöglichkeit ver-

CORSA JOY

	schweigt und von einem beabsichtigten lederartigen Aussehen des Dashboards redet, bleibt unverständlich.
Davis-Cup	Laut Aussagen von Fachleuten „häßlichste Salatschüssel" weit und breit. Opel sponsert das deutsche Team. (Vielleicht gibt es keine häßlichen Schüsseln in der Opel-Kantine.)
Delco Remy	GM-Tochter und damit Opel-Schwester. Nicht verwandt mit Remy Martin.
Detroit	Geburtsort aller GM-Töchter und -Söhne. Allerdings nicht der von Opel, denn Opel wurde 1929 adoptiert (siehe Chronik).
Deutsch	In Rüsselsheim von Eklektikern gesprochene Fremdsprache. Hauptverständigungsmedium der älteren Opelaner ist Hessisch, bei den jüngeren hingegen ist es Amerikanisch.
DIAMANT	Das Edelste vom Edelsten. Deshalb bisher nur für den Omega verfügbar. Aufgrund aufgestauten Neides eines kleineren Modells wurde der Edelstein-Vectra nachgeliefert.
Diebstahlwarnanlage	Gerät an besseren Opel-Modellen. Begriff steht für *Dieb stahl Warnanlage.*
Drag-coefficient	Maßstab der Windschnittigkeit (zur Aussprache des Wortes vergleiche Aerodynamik).
DSA-Sicherheits-fahrwerk	Spezialtechnik im Omega. DSA steht dabei für **D**eutschlands **S**ahne-**A**ufhängung.

Diebstahlwarnanlage

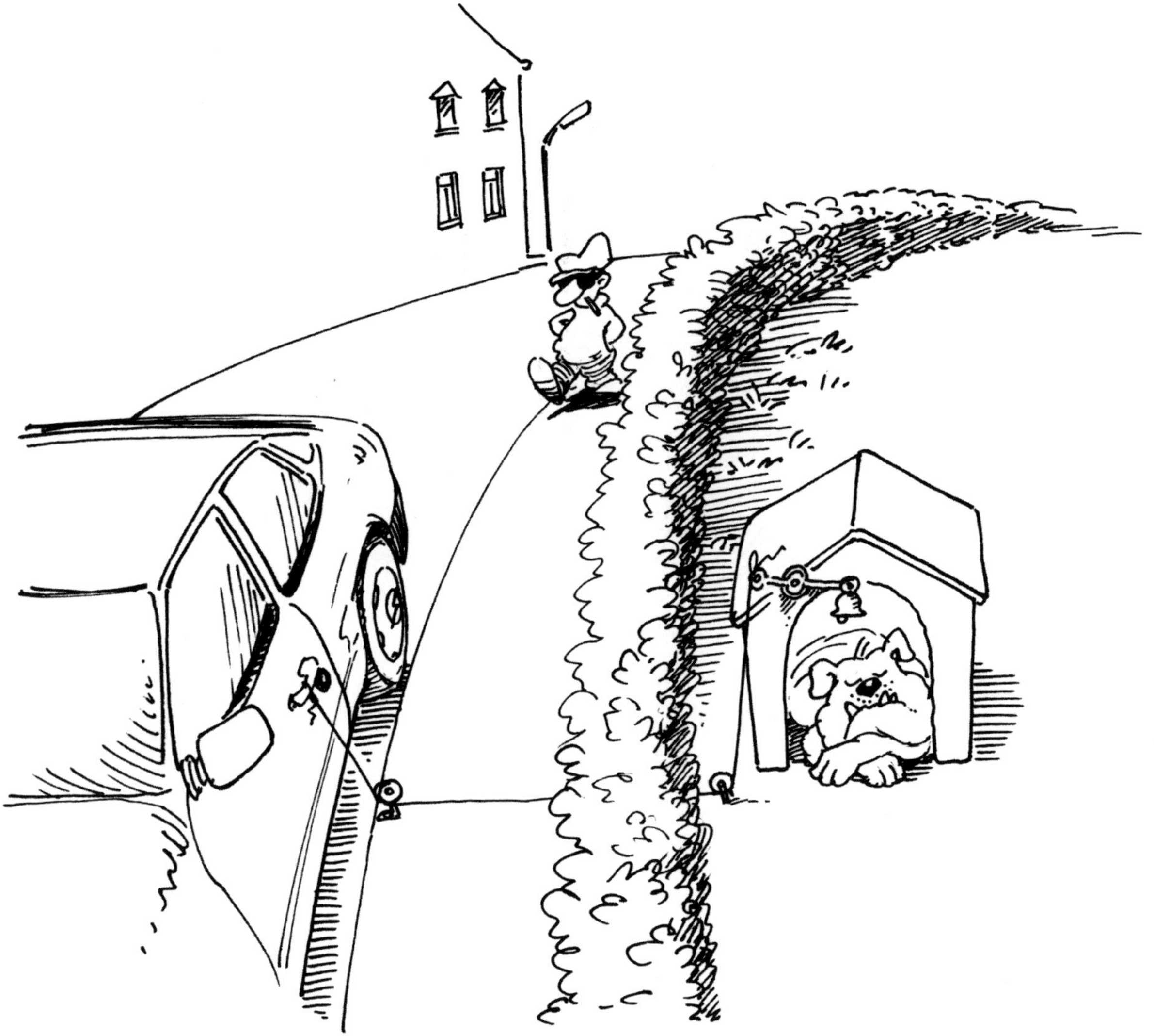

Einstiegsmodell

DTM	Abkürzung für **D**eutsche **T**ouren-**M**antas.
Dudenhofen	Opelinternes Trainingsgelände für den Opel-Zehnkampf: 20-Meter-Schwimmen im Salzbad, Zentrifugalbeschleunigung (Kreisel) auf dem Skid Pad („Schleuderplatte"), Schlammwaten auf der Schlammpiste, Freischwimmen auf der Wellenbahn, Erste-Hilfe-Kurs auf der Grobpflasterstrecke, Almjodeln auf der Bergstrecke, Indianerspielen auf der Marterstrecke, Flüstern auf der Geräuschmeßstrecke, Trinkfestigkeit auf der Wankstrecke und Geradeausfahren auf der Schnellfahrbahn-Rundstrecke.

E

EDS	Wohlgelungene GM-Tochter. Nährt sich allerdings noch immer an der Opelbrust.
Einparkhilfe	Opel-Hilfsdienst. Ist an allen engen Parklücken hilfsbereit zur Stelle. Nicht zu verwechseln mit der Einpackhilfe in amerikanischen Supermärkten.
Einstellung	Tageszustand der Zündung eines Opels. Nächtens wechselt der Zustand meist in die Ausstellung (siehe dort).
Einstiegsmodell	Einziges Opel-Modell, in das auch überdurchschnittlich langwüchsige Personen einsteigen können.
Eisenach	Standort des neuen Opel-Werks. Dort werden – Simsalabim – aus „faulen und erfolglosen" Wartburg-Mitarbeitern „engagierte und erfolgreiche" Opelaner, die innerhalb des Opel-Konzerns die beste Qualität fertigen. Vielleicht sollte

	man alle anderen Opel-Werke auch einer Honecker-Sonderbehandlung zuführen.
Elektroauto	Geplantes Opel-Modell. Steht unter Strom. Deshalb kann auf die Installation der teuren Diebstahlwarnanlage (siehe dort) verzichtet werden.
Electronic Traction Control (ETC)	Bestandteil des Astra Fahrsicherheits-Systems (siehe dort). Sorgt dafür, daß bei nasser, trockener oder verschneiter Straße – auf deutsch: also fast immer – „optimaler Fahrbahnkontakt" hergestellt wird. Dabei handelt es sich eindeutig nicht um eine elektronische Variante der Tieferlegungssätze (siehe dort)des Opel Manta.
Erfolg	Bei Opel schon fünf Jahre alt. Bekommt allerdings mit wachsendem Alter immer mehr Väter. Mutter unbekannt. Der vorher abgedankte Mißerfolg war hingegen Vollwaise.
Eroberungsrate	Ein von Hannibal erstmals eingeführtes Maß der zu seiner Zeit mit Elefanten zurückgelegten Wegstrecke im Feindesland. Heute werden statt Elefanten Opel-Fahrzeuge zugrundegelegt.
Event	Abart des Advent. Findet beim Opel-Händler im Gegensatz zu letzterem ganzjährig statt.
Expressive Styling	Strategischer Charakter jedes Opels. Besonders schön zu sehen beim Manta, der wirklich expressiv ist. Beim neuen Astra wurde die Expressivität so weit getrieben, daß sie nur noch von Spezialisten zu erkennen ist. Normalbanausen sehen nur japanisches Durchschnittsstyling.

Elektroauto

F

Facelifting	Nicht nur Frauen (und Männer), auch Opel-Modelle brauchen es von Zeit zu Zeit.
Fahrrad	Opels ehemals erfolgreichstes Produkt. Leider wurde dieses Marktsegment vernachlässigt. Allerdings wird aufgrund des Teilereduktionsstrebens des Managements dieses Produkt wieder in die Diskussion kommen. Schließlich sind dabei gegenüber einem augenblicklichen Opel zwei Räder einzusparen.
Fahrrad-Produktion	Opels F., 1925 „Weitaus größte Produktion der Welt – Nur edelste Arbeit führt zu solchen Erfolgen“, wurde 1937 nach 2,6 Mio. Exemplaren eingestellt und an NSU verkauft.
Fahrwerk	Spezielles Opel-Werk. Im Gegensatz zu den statischen Werken kann dieses den Standort wechseln.
Fahrzeug	1. Fortbewegungsmittel. Neben Flickzeug das häufigste Utensil eines Reisenden. 2. Ähnlich der abfälligen Bezeichnung „Fliegzeug“ für Tiere der Spezies Insekten ebenfalls abfällig gemeinte Bezeichnung für Automobile. Entsprechend handelt es sich bei dem Begriff Fahrzeugspray um das Pendant zum Insektenspray.
Faltdach	Bezeichnung für gealterte Opel-Dächer. Bei diesen hilft auch Ponds Feuchtigkeitscreme mit Liposomen nicht mehr.
Family Wagon	Opel-Familienmodell, Weiterentwicklung eines gewöhnlichen Kinderwagens.

Family Wagon

Fensterheber	Opel-Lehrberuf. Wer ein guter Wagenheber (siehe dort) werden will, muß sich erst als Fensterheber seine Lorbeeren verdienen.
Firmenzugehörigkeit	Altersangabe von Opelanern. Entspricht dem jugendlichen Charakter der Opel-Modelle. Im Gegensatz zur Lebensaltersangabe „43" wirkt die Angabe der Firmenzugehörigkeit „22" deutlich dynamischer.
Flagship	Ausdruck aus der Seefahrt. Dabei führt das vorausfahrende Schiff die Flottenflagge. Bei Opel ist dies der Manta, der anstatt der Fahne einen Fuchsschwanz an der Antenne führt.
Fleet Cars	1. Vauxhall-Modelle, die noch heute der englischen und der Opel-Seefahrttradition (siehe auch Kapitän, Kadett, Commodore, Admiral) entsprechen. Um einer Ausweitung von Ärmelabzeichen unterschiedlicher Marineränge zu vermeiden, werden die entsprechenden Streifen werksseitig gleich auf das Automobil geklebt. 2. Bezeichnung für Schwimmwagen, die besonders für Grachten und Kanäle geeignet sind.
Fließheck	Spezielles Bodystyle von Automodellen. Bei Opel gibt es alternativ immer auch ein Stufenheck, da in einigen südlichen Regionen das Heck aufgrund hoher Sonneneinstrahlung wegfließen kann.
Flottengeschäft	Bezeichnung des Opel-Geschäftes in den 60er Jahren, als Opel nur mit Flotten-Kapitänen, -Kadetten und -Admiralen Geschäfte machte.

Fließheck

FRONTERA

Frigidaire	Kühlschrankmarke, die von Opel nach dem Zweiten Weltkrieg gebaut wurde. Man verzichtete allerdings danach auf die Übernahme dieses Namens auch für die Automodelle.
FRONTERA	Geländewagen von Opel, der von einer britisch-japanischen Gemeinschaftsunternehmung gebaut wird. „Pfiffiges Freizeitauto“, das besonders bei Querfeldeinrennen eingesetzt wird.
Fuchsschwanz	Teil eines Tierfells, das im Handel für den Anbau an einer Manta-Antenne erhältlich ist. Soll nicht den Radioempfang verbessern, sondern die Aerodynamik verschlechtern. Ein Manta muß schnell aussehen, nicht sein.

G

Ganzstahlkarosserie, selbsttragende	Erfindung von Opel. Erstmals eingesetzt im Opel Olympia (siehe dort) im Jahre 1935. Der Clou dieser Erfindung ist, daß sich die Karosserie selbst trägt und damit auf die Verwendung der vier Räder verzichtet werden kann.
Gebrauchtwagen	Opel-Modelle sind auch gebraucht noch schön.
„Geh’n Se heim“	Üblicher Opelaner-Ausspruch in Rüsselsheim. Heißt auf deutsch: „Bleiben Sie da.“
General Motors	Zu deutsch „Generelle Motoren“. Im Gegensatz zu anderen Herstellern sind diese Motoren generell und damit weltweit einsetzbar. Deshalb hat GM auch den größten Marktanteil.

Genfer Salon	Kultureller Höhepunkt der Autosaison. Steht in der Tradition der klassischen Salonveranstaltungen seit Goethe. Die Geräuschkulisse hat sich allerdings dem Objekt der geistigen Auseinandersetzung inzwischen angepaßt.
Geschäftsreisen	Auch als „Boondaggeln“ bekannte Opel-Sportart. Es geht darum, mit Hilfe von Flugtickets und First-class-Hotelrechnungen möglichst hohe Reisekosten innerhalb der vorgegebenen Zeit von 365 Tagen abzurechnen.
Geschäftswagenpark	Grünanlage neben Stadt- und Ostpark in Rüsselsheim, wo einige jüngere Leute in ihren Wagen auch Geschäften nachgehen.
Gewinn	Darüber schweigt man bei Opel, den hat man.
GM	Häufig benutzte Buchstabenkombination, kommt zum Beispiel vor in: GMächlich, GMahl, GMecker, GMein, GMeinnützig, GMeinsam, GM Europe, GMisch oder GMüse.
GM Espana	Eintrag in den Fahrzeugpapieren des Corsa. Führt sehr oft zu Überraschungen bei den Käufern, weil sie dachten, sie hätten einen Opel aus Deutschland gekauft.
GM-Service	Bedienungspersonal für gehobene GM-Mitarbeiter.
Graf, Steffi	Ackert nicht für Deutschland, sondern für Opel. Besonders anzumerken ist, daß die Opel-Werbung die offizielle Computerrangliste schlichtweg ignorierte: „Steffi, unsere Nr. 1.“ Die Erklärung ist, daß tatsächlich bei Opel keine Dame besser Tennis spielt.

Geschäftsreisen

Grill	Aufgrund der zunehmend freizeitorientierten Fahrzeugnutzung werden alle Opel-Modelle inzwischen auch mit Grill geliefert (siehe auch Sonnendach).
Großkunden	Kunden mit einer Körpergröße von über 1,90 m. Im Gegensatz dazu stehen die Kleinkunden.
GT	Berühmtes Opel-Modell von 1968 auf der Basis des Kadett B (siehe dort). Ist noch heute in aller Munde. Und zwar immer dann, wenn von „Achtundsechzigern" die Rede ist. War der erste und nach der Produktionseinstellung im Jahre 1973 damit auch der letzte Opel mit Schlafaugen. Seitdem fahren alle Opel-Modelle wieder mit wachen Augen: „Opel GT. Nur Fliegen ist schöner! Merken Sie etwas? Wir bauen Autos."
GT 2	Nachfolger des GT (siehe dort) von 1968. Wurde zwar der Öffentlichkeit 1975 vorgestellt, ging aber nicht in Produktion. Deshalb spricht man heute auch nicht von den „Fünfundsiebzigern".
Gummi	Sonderbarer Benzin-Ersatz für spezielle Opel-Modelle. Die Verwendung wurde nachgewiesen aufgrund verschiedener Zeugenaussagen aus dem Ruhrgebiet, die in etwa folgendes vernahmen: „Äiih Manni, gib Gummi!"
Gummimatten	Zubehör für Opel-Modelle. Findet insbesondere in Rostlauben Verwendung, um entweder bei entsprechend großen Rostlöchern nichts von drinnen nach draußen fallen zu lassen oder für zugempfindliche Fahrer den Luftzug von unten zu verhindern.

Gummimatten

H

Haifischschnauze	Bezeichnung für das Design der Frontpartie des Opel Kapitän von 1954. Wurde damals deshalb vergeben, weil sie dem Gesicht eines Kapitäns glich, welcher kurz vorher vor Kap Horn einen Zusammenstoß mit einem Hai hatte.
Händler	Fahrendes Volk. Fährt bei Opel überwiegend Opel. Handelt mit allem, was fährt und von Opel auf den Hof gestellt wird.
Handschuhkasten	Bei Opel auch zum Kühlen von Bierdosen geeignet. Handschuhe werden kaum mehr darin aufbewahrt. Die Umbenennung in „Bierkasten“ konnte sich bisher nicht durchsetzen.
Hatchback	Bodystyle (siehe auch Fließheck). Entstand beim Zeichnen eines normalen Stufenheckmodells, als der Opel-Designer aufgrund eines Schnupfens laut „Hatschi“ rief. Dabei beschrieb der Zeichenstift anstatt der geplanten Stufe eine fließende Linie.
Hundebein	Teil an jedem Automobil. Bei den Opel-Modellen werden aufgrund der Ökologie- und Naturverliebtheit des Unternehmens solche konstruktiven Hilfsmittel verwendet, um jedem Hund ein bequemes Beinheben am Fahrzeug zu ermöglichen.
Hupe	Musikalisches Instrument in jedem Opel. Durch den Einsatz von zwei Eintonhörnern, einem Zweitonhorn und der Manta-Fanfare ergibt sich ein wahres Hupkonzert.

Hundebein

I

IMPULS	Forschungs-Kadett, der seinen Sprit aus der Steckdose bekam.
Interior	Möblierung des Wagens. Bei Opel zwecks besserer Abwaschbarkeit verstärkt in Kunststoff gehalten.
Irmscher	Opels Haus- und Hof-Tuner. Ist tatsächlich in der Lage, besonders schön gestylte Opel-Modelle noch weiter zu verschönern. Glauben zwar die hausinternen Opel-Stylisten nicht, die Käufer der Irmscher-Modelle aber scheinen dies zu bestätigen.

J

Jahreswagen	Spezielle Opel-Modelle, die nach dem Kauf eine Lebensdauer von genau einem Jahr aufweisen.
JUNIOR	Opel-Modellstudie von 1983: „Kleinwagen der Zukunft“. Seine Zukunft liegt wohl besonders weit in der Zukunft, da er bis heute nicht gebaut wurde.

K

KADETT	Unterster Rang in der ehemals stolzen Opel-Flotte: Commodore, Admiral, Kapitän, Kadett. Sticht nicht mehr in See, auch nicht mehr auf die Straße. Der Grund liegt darin, daß der Hauptmitkonkurrent VW aus Wolfsburg Opel diverse Winde aus den Segeln geblasen hat, und zwar folgende: Scirocco, Passat, Corrado und Vento.

KADETT

KADETT A-B-C	Für jeden Anfänger, ob Kadett oder I-dotz, gehört es sich, das Abc zu lernen. Beim Opel-Kadetten hört es allerdings bei E auf und fängt dann mit dem Astra (siehe dort) wieder bei A an.
KADETT CABRIO	Kompaktes Cabrio aus dem Hause Opel. Jederzeit mit Hilfe des anmontierten Bügels zu transportieren.
KADETT CITY	Kadett-Sondermodell. Unbestätigten Gerüchten zufolge fuhr dieses Fahrzeug auch außerhalb der Cities.
KADETT COMBO	Musikkapelle. Paßt in den 1985 als Klein-Lieferwagen ins Programm genommenen Kadett mit Kastenaufbau.
KADETT F	Gibt es und gibt es auch nicht. Heißt nämlich nicht Kadett, sondern Astra (siehe dort).
KADETT PIRSCH	Caravan für Landwirte und Förster. Diesen „Jagdwagen“ des Jahres 1978 gab es nur in Safaribeige und Forstgrün. Leider vergaß die Opel-Verkaufsabteilung jede Farbe nur für die passende Region freizugeben. So kam es, daß Kadett-Pirsch-Fahrzeuge in Forstgrün auf der Jagd in der Sahara genauso erfolglos blieben wie Fahrzeuge in Safaribeige im deutschen Staatsforst.
KADETT RALLYE	Modell, nach dem die gleichnamigen Streifen benannt wurden.
KADETT-Sondermodelle	FUN bekommt der CHAMPION in FRISCO. Oh JUBILEE, ist das BEAUTY. Kein SPRINT von Black BEAUTY, aber doch wie im CLUB-SPECIAL. Oder EDITION? That's LIFE.

KADETT RALLYE

KAPITÄN

Kantine	Dient den Opelanern zur Nahrungsaufnahme. Ist meist untergebracht in denkmalgeschützten Räumen. Deshalb wird die Verpflegung in selbigen nicht gerade sehr liebevoll zubereitet und dargereicht, um eine hohe Nutzung und damit Abnutzung der Räume zu vermeiden.
Kantine, neue	Modern gestylte Kantine im Opel-Design. Beim Überschwang der Farben und Ideen zur Raumgestaltung wurde leider vergessen, auch das Essen dem neuen Geschmack anzupassen.
KAPITÄN	Ehemals sehr erfolgreiches Opel-Modell der oberen Mittelklasse aus dem Hause Opel. Hatte eine Haifischschnauze (siehe dort) und einen Gang, der laut Opel-Werbung „. . . dem Wagen fast den Tigersprung eines Sportwagens verleiht . . .“
Kasino	Kantine der oberen Opel-Zehnhundert. In modernen Räumen untergebracht. Deshalb stark genutzt. Von manchen Besuchern als Kommunikationszentrum mißverstanden. Darum sind lange Büroabwesenheiten der Teilnehmer über Mittag die Regel. Beschwerden der normalen Kantinennutzer über zu schlechtes Essen können Kasino-Berechtigte nicht verstehen. Ihr Nahrungsangebot gibt schließlich zu Klagen keinen Anlaß.
Kasino-Berechtigung	Langzeitziel des echten Opelaners: im Kasino Essen gehen dürfen – wenn sein Magengeschwür bis dahin mitmacht.
Katalysator	Serienausstattung eines jeden Opel-Fahrzeugs. Macht aus dicker Luft dünne – nicht nur im Hochgebirge.

Keksdose	Teil an der Armaturentafel eines zukünftigen Opel-Modells. Leider aus Package-Gründen etwas zu klein für Durchschnittskekse ausgefallen. Um die Verwendung als Krümelkiste zu verhindern, wurde die Keksdose mit Lichtschaltern gefüllt.
Klappern	Geräuschentwicklung. Gehört „zum Handwerk“ und damit auch zu jedem guten Opel.
Klimaanlage	Aggregat im Fahrzeug, das ein Klima erzeugt. Bei Opel kann man dabei wählen zwischen Frühling, Sommer, Herbst und Winter. Bei der „Fully automatic airconditioning“ gibt es ein Ganzjahresgemisch.
Klopapierrollenschutz	Seit Abwanderung des „Mannes mit Hut“ Ersatzmittel zum Füllen der Hutablage bei manchem Opel.
Kolbenfresser	Aussterbende Tierart. Aufgrund der Naturverbundenheit von Opel wird eine Überlebensstrategie für den Kolbenfresser erarbeitet. Leider sind die Ingenieure bisher nicht in der Lage oder Willens, einen entsprechenden Lebensraum zu konstruieren.
Kopierer	Gerät zum Vervielfältigen von Unterlagen. Der japanische Autohersteller Nissan besitzt sogar ein Gerät, mit dem man ein komplettes Automobil kopieren kann. Erstmals erfolgreich getestet beim Nissan Primera (siehe dort).
Krawallkiste	Holzschatulle, in der Opelaner so richtig die Sau rauslassen können.
Kundendienst	Frohnarbeit, die der Opelkunde bei seinem Händler in der Werkstatt abzuleisten hat.

Kolbenfresser

Liegenbleiben

L

LAUBFROSCH	Oldtimermodell. Grün und alt. Opels Kermit. 1924 zuerst nur in Grün gelieferter Zweisitzer mit 4 PS und spitzem Heck. „Der Wagen für jedermann."
Launch	Begriff für die Einführung eines neuen Opel-Modells. Ähnlichkeiten mit anderen Debütantinnenbällen sind durchaus gewollt. Auch die Namensähnlichkeit mit Lunch macht Sinn, schließlich gibt es beim Launch immer viel und gut zu essen.
Lenkrad	Bezeichnung für das Rad am Wagen, welches gelenkt wird. Da dies bei Opel meist zwei sind, müßte der Begriff richtigerweise Lenk*räder* heißen.
Liegenbleiben	Unbeabsichtigter Stop während der Fahrt mit einem Opel. Überwiegend als unangenehm betrachtet. Hingegen würden manche Opelaner morgens gern öfters und länger liegenbleiben.
LOTUS	Exotische Pflanze. Bei Blumenliebhabern sehr beliebt. Deshalb hat sich auch Opel mit dem Lotus-Omega eine Lotus-Blüte zugezogen.
Lotus-Sitz	Sitzakrobatik indischer Yogis. Im Lotus-Omega ansatzweise nachempfunden. Zumindest nach überstandener Fahrt mit diesem Wagen kommt man sich wie ein Yogi vor.
Lo(h)rdosenstütze	Spezielle Opel-Ausstattung zur Aufnahme von Bier- und Coladosen. Bezeichnung in Erinnerung an den ehemaligen Opel-Entwicklungschef Dr. h. c. Fritz Lohr.

LUTZMANN	Erste Automobilproduktion des Hauses Opel mit Unterstützung des Herrn Lutzmann aus Dresden. Der Wagen geriet so toll (umgangssprachlich „patent"), daß er offizell „Patent-Motorwagen System Lutzmann" genannt wurde.

M

Mann mit Hut	Fuhr bis vor kurzem nur Opel-Modelle. Ist inzwischen auf ein schwäbisches Produkt umgestiegen. Aus traditioneller Verbundenheit baut Opel auch weiterhin eine Hutablage in jedes Modell (siehe auch Klopapierrollenschutz).
MANTA	Plattfisch (Flügelrochen, deshalb soviel Spoiler). Auch ein Opel-Modell. Aus dieser Kombination entstanden folgerichtig platte Witze.
MANTA A	Laut Überlieferung soll es in den siebziger Jahren Kinder gegeben haben, die statt Mama Manta gesagt haben sollen.
MANTA B	Wer A sagt, muß auch B sagen. Aber nicht unbedingt C. Deshalb gibt es keinen Manta C.
Manta-Fahrer	Privilegierte Autofahrer. Opels Imageträger im In- und Ausland.
Manta-Song	Hymne auf den Manta. Bisher einzig bekannte Glorifizierung eines einmaligen Automodells.
MANTA 400	Sportversion des Manta. Fuhr aber nicht 400 km/h, und es wurden auch nicht mehr als 400 Stück davon verkauft.

Manta-Song

Manta-Witz	Optimierte Form der sogenannten Ostfriesenwitze. Der Manta/Mantafahrer wurde deshalb als adäquater Witzfigurnachfolger erkannt, weil er mit Ostfriesen genausoviel zu tun hat wie mit Oberbayern oder etwa mit den Schotten.
Marke	Postwertzeichen. Im Gegensatz zur Automarke darf man dieser eins kleben.
Markentreue	Spezielle Art eines Abonnements von Automarken. Der markentreue Abonnement klebt diese allerdings nicht in ein Album, sondern stellt sie in die Garage.
Mäusekino	Spezielle Ausstattung in Opel-Modellen. War einer der ersten Schritte zur Entertainment-Strategie in Opel-Modellen. Das Gerät besitzt außerdem folgenden Zusatznutzen: Wenn gerade mal keine Mäuse die neuesten Opel-Spots über Tom und Jerry darauf sehen, kann der Fahrer statt dessen Fahrzeuginformationen (wie etwa die Geschwindigkeit) ablesen.
Mittelklasse	Da war Opel nach dem Krieg Marktführer.
Modellautos	Besondere Art von stark verkleinerten Automobilen – nicht nur für Kinder oder Lilliputaner (vergleiche hierzu auch Modellautosammler).
Modellautosammler	Spezies, die – anstatt große Autos zu fahren – deren stark verkleinerte Versionen in Vitrinen sperrt.
Modellnamen	Bei Opel keine Aha-Erlebnisse, sondern nur A-Erlebnisse am Namensende (Omeg-a, Cors-a, Ascon-a, Mant-a, Monz-a, Calibr-a, Vectr-a, Senat-a[?]).

Mittelklasse

Montagsauto	Spezielle Opel-Modelle. Werden nur montags produziert. Die Käufer sind besonders stolz auf diese Fahrzeuge. Deshalb fahren sie besonders gern und oft in die Opel-Werkstatt und berichten „Das ist ein Montagsauto“.
MONZA	Rennstrecke in Italien, auf der das Opel-Modell gleichen Namens zu keiner Zeit zugelassen wurde und die er niemals kennengelernt hat.
Motorraum	Gebäudeteil. In diesem stellt der Opel-Fahrer im Winter den Motor seines Fahrzeugs ab.
Motorsport	Harte Testprüfung für Automobile. Dabei dient die sehr hohe Beanspruchung der Fahrzeuge der Serienentwicklung. Der Opel Omega war in diesem Sinne besonders erfolgreich. Bei der Deutschen Tourenwagenmeisterschaft blieb er aufgrund besonders hoher Beanspruchung sehr oft liegen. Um so mehr konnte man daraus lernen. Wurde in einem Rennen einmal nicht diese hohe Beanspruchung erreicht, nahm man den Wagen – ganz im Sinne der Opel-Ökologiestrategie – frühzeitig aus dem Rennen, um den weiteren Verbrauch von fossilen Rohstoffen zu vermeiden. Inzwischen wird aus demselben Grund ganz auf den Einsatz verzichtet.
Multilink-Hinterachse	Zu deutsch: Mehrfachverbundene Hinterachse (damit kein Teil bei dem sportlichen Fahrstil mit dem Omega 3000 oder dem Senator verlorengeht).

Motorsport

Nähmaschine

N

Nähmaschine	Erste Produktgruppe der ADAM OPEL AG. Zum Teil sind laut Aussage einiger Opel-Fahrer noch heute Produkteigenschaften in Opel-Fahrzeugen erkennbar: „Klingt wie 'ne Nähmaschine."
Navigationssystem	Opel-Ausstattungsdetail. Ursprünglich bei den Opel-Modellen Admiral, Commodore, Kapitän und Kadett eingesetzt zum Auffinden des heimischen Hafens – ersatzweise der nächsten Opel-Fachwerkstatt. Bei modernen Modellen wurde es durch eine beigefügte Seekarte mit „Sixt"-anten ersetzt.
Nebelscheinwerfer	Reproduktionsgerät. Wie der Sonnenscheinwerfer den Eindruck von Sonnenschein, kann der Nebelscheinwerfer den Eindruck von Nebel auf einer Leinwand erwecken.
Nebelschlußleuchte	Straßenverkehrsbeleuchtung von Opel-Fahrzeugen. Wird immer am Ende des Nebels aufgestellt.
Neuwagen	Bezeichnung für frisch beim Opel-Händler erworbene Wagen. Die Bezeichnung kommt daher, daß das gelieferte Fahrzeug in einigen Details oft nicht mit dem bestellten übereinstimmt. Das, was also geliefert wird, ist dem Käufer „neu". Ein typisches Detail ist zum Beispiel der Kilometerzähler, der beim Kauf bis zu 100 Kilometer aufweist. Daß ein solches Fahrzeug als „neuwertig" einzustufen ist, muß dem Käufer ja in der Regel „neu" sein.
Nichtraucherpaket	Sonderausstattungsvariante zukünftiger Opel-Modelle. Dabei kann der Käufer zwischen den beiden Varianten

	„Paket mit zwei männlichen Nichtrauchern" oder dem „Mixpaket weiblich/männlich" wählen.
Nische	Einbuchtung in einer Wand oder kleine Erweiterung eines Raumes. Hier zwängt Opel seine Nischenprodukte hinein. Entsprechend ist auch ein Eckmobil zur Ausfüllung von Ecken in Entwicklung.
Nischenstrategie	Von Opel entwickelte Strategie, wie man eine Nische oder Ecke füllt. (Beuys machte dies beispielsweise mit Fett.)
NISSAN PRIMERA	Erfolgreiches Produkt des Einsatzes eines Kopierers (siehe dort) durch die japanische Firma Nissan. Bemerkenswert ist dabei allerdings, daß der Primera beim Kopieren in manchen Eigenschaften besser als die Vorlage (siehe Vectra) geriet.
Noise and Vibration	Entwicklung von Geräuschen und Vibrationen. Dafür gibt es bei Opel eine eigene Abteilung. Wie man bei manchen Opel-Modellen sehen (hören) kann: sehr erfolgreich.

O

Odenwald-Porsche	Bezeichnung eines häufig in Hessen vorkommenden Fahrzeuges. Laut Bezeichnung vermutlich schwäbischer Herkunft. Wurde aber nachweislich in Rüsselsheim montiert.
OK	In den 60er Jahren Abkürzung für Opel Kadett.
ökologisch	Öko? Logisch, daß auch Opel ökologisch ist.

Noise and Vibration

OMEGA

Oldtimer	Spezielle Opel-Modelle, die das Verfallsdatum überschritten haben, ohne daß sie deswegen aus dem Verkehr gezogen wurden.
OLYMPIA	Opel-Modell von 1935. Nahm allerdings nie an Olympischen Spielen teil.
OMEGA	1. Opel-Modell, nicht verwandt mit der qualitativ hochstehenden Schweizer Uhr gleichen Namens. Fährt auf Schienen, neuerdings sogar auf glühenden. 2. Letzter Buchstabe im griechischen Alphabet. Keine Rückschlüsse auf Position in der Zulassungsstatistik zulässig.
OMEGA CLUB	Verschworene Gemeinschaft. In dieser sind alle zufriedenen Omega-Kunden versammelt. Die Jahresvollversammlung findet regelmäßig am dritten Wochenende in der Telefonzelle am Bahnhof Rüsselsheim statt.
OMEGA 3000	Opel Erfolgsmodell. Die 3000 steht für die Anzahl der verkauften Exemplare (siehe auch VECTRA 2000).
OMEGA, Trim-level	Die Bezeichnungen der Ausstattungsvarianten sind folgende: LS = Luxus Standard, GL = Glamouröser Luxus, GLS = Garagen-lang-Steher und CD = Charmante Dreckschleuder.
Opel	Unternehmen, das nicht nur die Bundesmarine jahrelang mit Kadetten, Kapitänen, Admiralen und Commodoren versorgte.

Opel, Adam
1. Hausgespenst der Opelaner. Von ihm wird immer geredet, obwohl er nie ein Auto gebaut haben soll. Trotzdem geht jeder Opelaner „zum Opel“ zum Arbeiten.
2. Nach der Opel-Schöpfungsgeschichte waren Adam und Eva Opel im Paradies. Doch die Schlange (GM Amerika) gab ihnen den goldenen Apfel, und Eva aß davon, so daß Opel nicht mehr Opel ist, sondern eigentlich GM-Deutschland heißen müßte.

Opel-Bad
Gebäude in Wiesbaden am Neroberg, wo sich Opelaner, aber keine Opel-Fahrzeuge reinigen können.

Opel-Bob
Da begab sich Opel aufs Glatteis und – rutschte aus.

Opel-Hauspost
Konkurrenz zur Bundespost. Wurde eingerichtet, um die Post innerhalb des Unternehmens schneller ans Ziel zu bringen. Gerüchte meinen, sie wäre langsamer. Richtig ist: Sie ist auch nicht schneller. Deshalb wird mehr und mehr auch innerhalb des Unternehmens auf das Fax-Gerät zurückgegriffen.

Opel-Marsch
Der wurde „. . . componirt und dem Hause ADAM OPEL hochachtungsvoll gewidmet von Adolf Kugler“ (1897). War wohl kein Hit, zumindest kennt ihn keiner mehr.

Opel-Modelle
Haute Couture. Der letzte Chic aus Rüsselsheim.

Opel-Modellmuseum
Museum von Spielzeugautos der Marke Opel in Prisdorf bei Hamburg. Einzigartig, da kein anderer Automobilhersteller ein solches Museum vorzeigen kann. (Vielleicht ist ja auch Opel der einzige Hersteller von Spielzeugautos.)

Opel-Marsch

Opel-Winter-Check

Opel-Söhne	5 Fahrradfahrer. Im Angedenken an diese fahren noch heute viele Opelaner Rad.
Opel, Sophie	Die „Eva" von Adam.
Opel-Werk	Gesellenstück von Adam. Ähnelte mehr einer Nähmaschine als einem Automobil.
Opel-Winter-Check	Schutz für Pinguine. Nebenbei auch gut für das Auto.
Opel-Zoo	Da möchten viele rein, das Affenhaus allerdings ist schon ziemlich voll. Besonders bedeutend ist das Aquarium mit einer erlesenen Auswahl von Mantas.
Opelaner	Hessischer Eingeborenenstamm. Kommt überwiegend im Raum Rüsselsheim am Main vor. Aufgrund von jahrzehntelanger Inzucht vom Aussterben bedroht. Seit den zwanziger Jahren Auffrischung durch Amerikaner – mit Teilerfolg.

P

Pannenset	Satz von mindestens zwei Pannen. Bei Opel ist das folgende Set ein Verkaufsrenner: abgebrannte Elektrokabel plus Motorausfall.
Pick-Up	Auch Besenwagen genannt. Pickt die jeweils letzten bei einer Tour auf.
Pinguin	Fluguntüchtiger Vogel arktischer Gewässer. Bei Opel zuständig für fahruntüchtige Wagen im Winter. Im Sommer

	ist es ihm zu heiß. Deswegen werden Opel-Modelle so konstruiert, daß sie überwiegend nur im Winter ausfallen.
Pinguin, Galapagos	Tragen nach der Opel-Winter-Check-Aktion jetzt alle den Opel-Blitz.
Pollenfilter	Neumodisches Filter zum Herausfischen der Pollen aus der Luft. Da bei zu erwartender weiterer Verbreitung des P. bald die Pollengründe in unserer Luft „entpollt“ sein werden, arbeiten die Opel-Ingenieure im Zuge der Opel-Ökologiestrategie an einem neuen Ausstattungsdetail, das hinten am Fahrzeug zumindest die Jungpollen wieder aussetzt.
Popel	Opels Kobold. Soll nach Hörensagen Autos aus Rüsselsheim fahren. Jeder Verkehrsteilnehmer kann ihn sehen, nur die Opelaner nicht.
Produktentwicklung	Aufgabe des Opel-Produktmanagers, nachdem Finanzer, Programmplaner, Deproliferier und sonstige Produktspezialisten das Produkt *ein*gewickelt haben.
Professor Oliver Koch	Jüngster und einziger Professor bei Opel. Vorführer des Opel-Vierradantriebes mit 2+2 Beinen.
Prominente	Auch sie fahren Opel: Uli Hoeneß, Fußballmanager (Lotus-Omega), Uwe Kamps, Fußballspieler (Calibra), Andreas Köpke, Fußballspieler (Calibra), Gudrun Landgrebe, Schauspielerin (Calibra), Steffi Graf (Calibra), Vater Beimer (Omega Caravan), Georg Volkert, Fußballmanager (Calibra)...
PS	Kürzel für **P**rodukt-**S**trategien. Die hier arbeitenden Vordenker können Kundenbedürfnisse der Zukunft schon

Pinguin, Galapagos

Raketenauto

heute festlegen. Die Beanspruchung ist allerdings so groß, daß die Mitarbeiter in der Regel nach spätestens zwei Jahren ausgewechselt und durch frisches Blut ersetzt werden müssen.

Puppchen Spitzname des ersten „Volkswagens“ von 1914, dem Opel 5/14 – also nicht dem „Käfer“.

Q

Qualität Fata Morgana der Opelaner. Immer, wenn man glaubt, man hat sie, erscheint sie neu am Firmament.

Quality Leadership Ehrgeiziges strategisches Ziel der Firma Opel. Hin und wieder muß man sich Ziele setzen, die man nicht erreichen kann. Aber: Der Weg ist das Ziel.

R

Rabatt Gibt der Opel-Händler ungern, aber er gibt.

Räder Die schönen Beine eines Opel-Modells. Manchmal etwas schmal, manchmal etwas breit und hin und wieder auch mal hochbeinig.

Raketenauto Nicht etwa der Opel Omega, der laut Opel-Werbung „wie auf Schienen“ fährt, sondern der Opel Rak3, mit dem Fritz von Opel 1928 auf Schienen einen neuen Geschwindigkeitsrekord von 254 km/h aufstellte.

Raketenfritz Spitzname von Fritz von Opel, der selber spektakuläre Werbeveranstaltungen für Opel machte (siehe auch Rake-

	tenauto). Stürzte 1929 in einem Raketen-Flugzeug ab. (Wahrscheinlich baut deshalb Opel bis heute keine Flugzeuge, sondern nur Autos.)
REGENT	Opel-Luxusmodell von 1928. Hatte lange vor BMW einen Achtzylinder. „Der Opel-Achtzylinder ist nicht billig, und nur wenige Glücksgesegnete werden ihn sich leisten können" sprach die Opel-Werbung und behielt recht: es gab nur 25 Glückliche. Eingegangen in die deutsche Automobilgeschichte ist dieses Fahrzeug allerdings, weil es das einzige war, das vom Hersteller Auto für Auto zurückgekauft und verschrottet wurde.
REKORD	Opel-Erfolgsmodell, war aber nie Rekord-Halter. Das war am Markt der VW Käfer und bei Opel der Kadett (siehe dort).
Reling	Halteleine am Dach des Opel Caravan (siehe dort). Relikt aus der historischen Opel-Zeit, als man noch eine bedeutende Auto-Flotte werden wollte, mit einem Commodore, einem Admiral und einem Kapitän.
Rost	Oxydationsrückstände. Ähnlich wie bei dem Renault Modell R4 (R4 = „Rost in vier Jahren") ist dieser chemische Rückstand – trotz anderslautender Meldungen – bisher auch bei Opel noch existent.
Rostlaube	Kosename für einen älteren Manta. Modell des typischen Laubenpiepers.
Run-out-Strategie	Zu deutsch Auslaufstrategie. Z. B. für Opel-Batterien, um deren Wiederkaufsabsatz zu verbessern.

Rostlaube

Schiebedach

Run-out-Modelle	Junge Opel-Modelle, die noch nicht ganz dicht sind. Hersteller von Höschenwindeln arbeiten schon fieberhaft an einer Version für diese Modelle.
Rüsselsheim	Idyllischer Industrieort am Main. Nest der Opelaner.

S

SAAB	Schwedische Opel-Schwester. Hat anstatt eines Hirschfängers einen Elchfänger.
Saloon	Englische Bezeichnung für geschlossene Opel-Modelle. Besitzen als besondere Ausstattung immer eine Bar mit Bourbon- und Scotch-Whisky.
Saragossa	Das spanische Rüsselsheim.
schadstoffarm	Genuschelte Bezeichnung für das Plastikinterior mancher Opel: „Schade – stoffarm".
Schiebedach	Autogehäuseverschluß, der geschoben werden muß.
Schienen	Nach den letzten erfolgreichen Werbeeinblendungen über den Opel Omega ist nun endlich bekannt, warum der Omega manchmal etwas behäbig daherkommt: Er muß sich immer ein schweres Paar Schienen unterschnallen.
Schlüssel, beleuchtet	Metallteil zum Öffnen eines Opel. Wird beleuchtet, damit man ihn auch im Dunkeln wiederfindet.
Sechszylinder	Dem in der Musik bekannten Begriff des Sextett entsprechende Bezeichnung für eine Sechser-Gruppe Sargträger.

Sitzbezüge

Sedan Englisches Bodystyle zum Gedächtnis an dic dt.-franz. Schlacht. Im Deutschen aus unerfindlichen Gründen durch das französische Wort Limousine ersetzt.

SENATOR 1. Opel-Modell. Opels Einstieg in die Premium-Klasse. Auch Opels Ausstieg?
2. Top-Opel. Was früher der Commodore war, ist heute der Senator.
3. Wird voraussichtlich in einigen Jahren nicht weitergebaut. Oder aber er wird umgetauft in Senata (siehe Modellnamen).

SENATOR CD Besondere Art der Modcllviclfalt. Dabei packt man den Senator C und den Senator D einfach zusammen zum CD und spart sich eine Modellreihe.

Sitzbezüge Entlohnung für einen großen Teil der Opelaner, welche ihre Bezüge im Sitzen verdienen.

Sitzriese Personengruppe in Opel-Modellen mit kurzen Beinen und langem Rest. Ihr Pendant sind die Stehzwerge.

Smiling Aufgrund jahrhundertelangen Übens ihrer Vorfahren perfekt beherrschte Gesichtsakrobatik amerikanischer Opelaner.

Sonnendach Spezielle Opel-Dachkonstruktion. Diese erlaubt Bräunung auch während der Fahrt.

Stadtauto Geplantes Opel-Modell, in dem eine ganze Stadt Platz findet. Bisher nicht gebaut wegen der fehlenden großen Montagehalle.

Tiefbettfelge

Strategie	Die augenblickliche Opel-Strategie ist mit folgendem Kernsatz zu kennzeichnen: „Sitz' ich in der Sonne, brauch' ich keine Strategie."
Studio	Wortteil des Begriffs Sonnen*studio*. Bei Opel nicht etwa Verkaufsraum der Sonnendächer, sondern vielmehr Bezeichnung für die Räumlichkeiten, in denen die Modelle gestylt werden. Also eigentlich Stylingstudio.
Styling	Fischart im Main bei Rüsselsheim. Verwandt mit Stichling, Hering, Smiling und Reling. Unterscheidet sich von diesen allerdings durch ein grundsätzlich gewagt-gestyltes Äußeres, insbesondere durch ein schillerndes Outfit.
Szentgotthard	Nicht etwa ein von Opelanern benutzter Schleichweg am Gotthard, sondern die neue Astra-Produktionsstätte in Ungarn.

T

Tank	Hohlraum, der mit einer bunten Flüssigkeit gefüllt wird.
Tempolimit	Macht dem Manta nichts, da er aufgrund der zusätzlichen An- und Umbauten eh nicht die Tempo 130 überschreitet.
Tiefbettfelge	Der Manta-Fahrer nimmt seine Felgen sogar mit ins Bett, welches auch tiefergelegt wird.
tieferlegen	Nicht nur beim Manta gebräuchliches Hilfsmittel, um der Straße näher zu kommen.

Tieflieger	Nicht die falsche Schreibweise für Tiefflieger, sondern der Ausdruck für einen tiefergelegten Manta.
Tom und Jerry	Katz und Maus . . . spielen sie mit dem Corsa-Kunden.
TROOPER	Opel-Modell. In Schweden nicht erfolgreich, da es nur über einen Hirsch-, aber nicht über einen Elchfänger verfügt.
TROOPER „COMPETITION“	Sondermodell des Trooper. Heißt so, weil er diesem Konkurrenz macht.
Tuner	Berufsgruppe, denen es unter Aufbietung aller technischen Hilfsmittel gelingt, schön gestylte Automobile in unschöne zu verwandeln.

U

Überholprestige	Ausdruck für die BMW-Ausstattungsvariante „Eingebaute Vorfahrt im Straßenverkehr“. Da diese für Opel-Modelle und insbesondere für den Manta nicht verfügbar ist, wird hier mit anderen Mitteln gearbeitet (siehe auch Abstandswarngerät).
Überrollbügel	Henkel, nur bei Kadett-Cabrios anzutreffen. Bei den übrigen Opel-Modellen fehlend, genauso wie der Griff zum Wegwerfen.
USA	Land der unbegrenzten Möglichkeiten. Dort ist alles größer. Auch die GM-Verluste und der japanische Mitbewerb.

Überrollbügel

Wagenheber

V

Van	Neudeutsche Bezeichnung für Lieferwagen oder Abkürzung für **V**ielfach **a**uch **n**utzlos.
VECTRA	Bezeichnung für den Nachfolger des Ascona (siehe dort). Kunstname aus dem Computer. Hatte laut Opel-Werbung eine lieblose Geburt „auf dem Computer".
VECTRA A	A wie Anfang. B wie bewährt kommt erst in ein paar Jahren, noch vor C wie charmant.
4x4	Opel-Einmaleins. Ergibt nicht 16, sondern nur einen Vectra- oder Calibra-Allrad.

W

Wagenheber	Rüsselsheimer Sportler. Betreiben das Nonplusultra des Gewichthebens. Bisher nicht olympisch. (Siehe auch Fensterheber.)
Wagon	Neudeutsche Bezeichnung für Caravan. Im Gegensatz zur Eisenbahn, wo alle Waggons hinter der Zugmaschine hängen, ist bei Opel der erste in die Zugmaschine integriert. Ein zweiter Waggon nennt sich dann Anhänger.
Walk-Home-Failure	Griffige Formel für eine Situation, in der das Fahrzeug liegenbleibt und man den eigenen Zwei-Fußantrieb benutzen muß, um nach Hause zu kommen.

Wartburg	Stattliches Gebäude nahe Eisenach. Dort erstellte Luther sein Werk. Entsprechendes tat auch Opel in der Neuzeit: Nahe der W. ist das neue Werk von Opel entstanden (siehe auch Eisenach).
Werbeslogan	Ausdruck der Kunst der Verkaufsstrategen von Opel, die den Ingenieuren in nichts nachstehen möchten. Einige klassische Beispiele: **1910:** „Unerhört! Mit 120 km per Sekunde saust jetzt der Halleysche Komet um die Sonne! So'n OPEL-Wagen muß ich mir doch mal in der Nähe betrachten!" **1929:** „Wenn Sie diesen Wagen kaufen, haben Sie Ihr Geld gut angelegt, denn die Ersparnis an Zeit und Arbeitskraft, die Ihnen zum Erfolg verhilft, und die Freude, die Ihnen dieser Wagen bringt, sind seine Zinsen." **1929:** „Jawohl, Ihr Opel wird sofort geliefert." **1931:** „Der goldene Schnitt im Automobilbau – Opel Luxus Modelle." **1938:** „Opel – Der Zuverlässige", „Kapitän – Ein Wagen, der der Welt gehört." **1962:** „Opel Kadett – Jung und voll Schwung." **1990:** „Look at Opel now." **1991:** „Potz Blitz", „Technik, die begeistert."
Werksferien	Auch das Opel-Werk braucht mal Urlaub. Deshalb macht es zu und fährt meistens in Richtung Süden. Wegen seiner Größe ist dann logischerweise die Autobahn komplett verstopft. In Rüsselsheim kann das große freie Gelände unterdessen als Reserveflugplatz für den Rhein-Main-Flughafen genutzt werden.

Werbeslogan

Werksorchester Musikgruppe des Opel-Werks. Bevorzugt atonale Musik. Beispielklänge: Ratter – Knack – Quietsch – Rumms – Rumms – Quietsch – Oink-Oink.

Werksrente Vereinzelt auftauchende Forderung, auch dem Opel-Werk in Rüsselsheim nach nun schon hundertjähriger Tätigkeit eine Rente zukommen zu lassen. Dieselben Propagandisten forderten vor einigen Jahren auch „Freiheit für Grönland. Weg mit dem Packeis."

Z

Zentralverriegelung Ausstattungsdetail eines Opel. Mit diesem Gerät kann der Fahrer direkt von innen alle Ausgänge des Fahrzeugs verriegeln. Danach kommt keiner mehr rein, allerdings auch keiner mehr raus.

Zierstreifen Klebeband zum Verschönern der Opel-Modelle. Bei Vauxhall-Modellen allerdings nicht zur Verschönerung, sondern zur Unterscheidung der Modelle benutzt.

Zürich Schweizer Stadt. Landschaftlich reizvoll gelegen, mit berühmtem Golfplatz. Unabhängig davon (?) auch Firmensitz von GM Europe.

Zylinder Kopfbedeckung des Edel-Opelfahrers. Nicht verwandt mit dem Seppelhut.

Zentralverriegelung

BN 3-8231-0135-8

ISBN 3-8231-0543-4

ISBN 3-8231-0126-9

ISBN 3-8231-0188-9

ISBN 3-8231-0176-5

BN 3-8231-0085-8

ISBN 3-8231-0166-8

ISBN 3-8231-0084-X

ISBN 3-8231-0139-0

ISBN 3-8231-0082-3

BN 3-8231-0189-7

Fröh·li·che Wör·ter·bü·cher von A–Z

ISBN 3-8231-0116-1

BN 3-8231-0173-0

ISBN 3-8231-0177-3

ISBN 3-8231-0096-3

ISBN 3-8231-0105-6

ISBN 3-8231-0138-2

BN 3-8231-0070-X

ISBN 3-8231-0159-5

ISBN 3-8231-0094-7

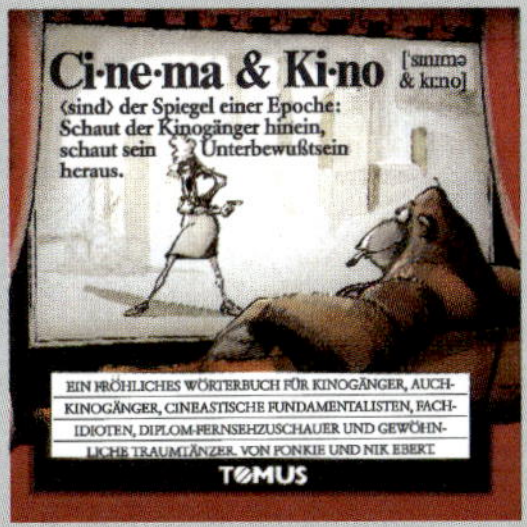

ISBN 3-8231-0179-X

ISBN 3-8231-0110-2

ISBN 3-8231-0069-6

ISBN 3-8231-0081-5

ISBN 3-8231-0162-5

ISBN 3-8231-0181-1

ISBN 3-8231-0545-0

ISBN 3-8231-0101-3

ISBN 3-8231-0190-0

ISBN 3-8231-0565-5

ISBN 3-8231-0120-X

ISBN 3-8231-0534-5

ISBN 3-8231-0121-8

ISBN 3-8231-0152-8

ISBN 3-8231-0157-9

ISBN 3-8231-0144-7

ISBN 3-8231-0080-7

ISBN 3-8231-0114-5

ISBN 3-8231-0113-7

ISBN 3-8231-0541-8

ISBN 3-8231-0544-2

ISBN 3-8231-0107-2

ISBN 3-8231-0128-5

ISBN 3-8231-0191-9

ISBN 3-8231-0067-X

ISBN 3-8231-0112-9

ISBN 3-8231-0086-6

BN 3-8231-0542-6

ISBN 3-8231-0149-8

ISBN 3-8231-0548-5

ISBN 3-8231-0546-9

ISBN 3-8231-0147-1

BN 3-8231-0187-0

ISBN 3-8231-0167-6

ISBN 3-8231-0077-7

ISBN 3-8231-0540-X

ISBN 3-8231-0088-2

BN 3-8231-0129-3

ISBN 3-8231-0143-9

ISBN 3-8231-0093-9

ISBN 3-8231-0098-X

ISBN 3-8231-0168-4

BN 3-8231-0119-6

ISBN 3-8231-0123-4

ISBN 3-8231-0134-X

ISBN 3-8231-0650-3

ISBN 3-8231-0154-4

BN 3-8231-0163-3

ISBN 3-8231-0192-7

ISBN 3-8231-0076-9

ISBN 3-8231-0193-5

ISBN 3-8231-0164-1

ISBN 3-8231-0169-2

ISBN 3-8231-0124-2

ISBN 3-8231-0170-6

ISBN 3-8231-0539-6

ISBN 3-8231-0066-1

ISBN 3-8231-0092-0

ISBN 3-8231-0140-4

ISBN 3-8231-0194-3

ISBN 3-8231-0091-2

ISBN 3-8231-0185-4

ISBN 3-8231-0538-8

ISBN 3-8231-0090-4

ISBN 3-8231-0117-X

ISBN 3-8231-0566-3

ISBN 3-8231-0558-2

ISBN 3-8231-0171-4

ISBN 3-8231-0065-3

ISBN 3-8231-0074-2

ISBN 3-8231-0097-1

ISBN 3-8231-0156-0

ISBN 3-8231-0109-9

ISBN 3-8231-0175-7

ISBN 3-8231-0064-5

ISBN 3-8231-0172-2

ISBN 3-8231-0560-4

SBN 3-8231-0535-3

ISBN 3-8231-0073-4

ISBN 3-8231-0174-9

ISBN 3-8231-0537-X

ISBN 3-8231-0111-0

SBN 3-8231-0561-2

ISBN 3-8231-0559-0

ISBN 3-8231-0536-1

ISBN 3-8231-0183-8

ISBN 3-8231-0184-6

SBN 3-8231-0151-X

Fröh·li·che Wör·ter·bü·cher von A–Z

ISBN 3-8231-0130-7

SBN 3-8231-0158-7

ISBN 3-8231-0125-0

ISBN 3-8231-0131-5

ISBN 3-8231-0530-2

ISBN 3-8231-0531-0

BN 3-8231-0195-1

ISBN 3-8231-0141-2

ISBN 3-8231-0083-1

ISBN 3-8231-0150-1

ISBN 3-8231-0145-5

ISBN 3-8231-0146-3

ISBN 3-8231-0115-3

ISBN 3-8231-0178-1

ISBN 3-8231-0118-8

ISBN 3-8231-0103-X

ISBN 3-8231-0155-2

ISBN 3-8231-0196-X

ISBN 3-8231-0161-7

ISBN 3-8231-0197-8

ISBN 3-8231-0160-9

Fröh·li·che Wör·ter·bü·cher von A–Z

ISBN 3-8231-0132-3

ISBN 3-8231-0133-1

ISBN 3-8231-0148-X

ISBN 3-8231-0142-0

ISBN 3-8231-0199-4

ISBN 3-8231-0099-8

ISBN 3-8231-0089-0

ISBN 3-8231-0186-2

ISBN 3-8231-0071-8

ISBN 3-8231-0563-9

ISBN 3-8231-0547-7

ISBN 3-8231-0072-6